外交官・
松岡洋右の俳句

Yosuke Matsuoka
松岡洋右

東京四季出版

松岡洋右肖像画（1941年）／梶原貫五

外務大臣時代（山口県光市提供）

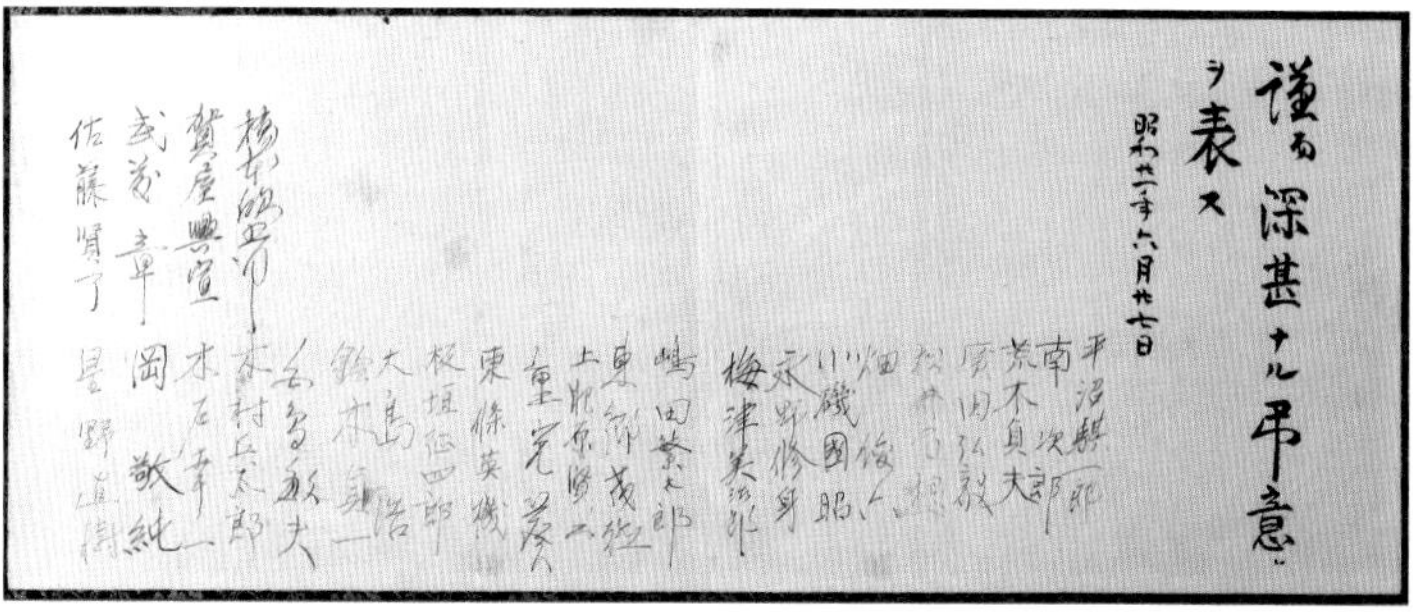

弔意寄書　昭和21（1946）年6月27日（山口県光市提供）

以下26名、寄書右端より

平沼騏一郎（第35代内閣総理大臣）
南　　次郎（陸軍大将）
荒木貞夫（陸軍大将）
廣田弘毅（第32代内閣総理大臣）
松井石根（陸軍大将）
畑　　俊六（元帥陸軍大将）
小磯國昭（第41代内閣総理大臣）
永野修身（元帥海軍大将）
梅津美治郎（陸軍大将）
嶋田繁太郎（海軍大将）
東郷茂徳（第65、71代外務大臣）
土肥原賢二（陸軍大将）
重光　　葵（第68、72代外務大臣）
東條英機（第40代内閣総理大臣）
板垣征四郎（陸軍大将）
大島　　浩（陸軍中将、ドイツ大使）
鈴木貞一（陸軍中将、企画院総裁）
白鳥敏夫（イタリア大使）
木村兵太郎（陸軍大将）
木戸幸一（第13代内大臣）
岡　　敬純（海軍中将）
星野直樹（企画院総裁）
橋本欣五郎（陸軍大佐）
賀屋興宣（第45代外務大臣）
武藤　　章（陸軍中将）
佐藤賢了（陸軍中将）

（　）内は主な役職を示す

刊行にあたって

松岡満壽男

私が多忙な政界を引退して十二年になります。その間故郷の山口県光市で家業を経営しつつ、小旅行をしながらの油絵や、光市市長時代に橋や施設等の看板の書字用に始めた隷書を楽しんでおりましたが、年末年始に過ごす道後で俳句に触れて以来、芭蕉、蕪村、子規の句に親しみました。五年前に手術前夜の気持を句にして俳句誌に投句した所、思いがけず入選しました。すると政治の大先輩田村元先生から突然電話があり、「光市の松岡満壽男とは君だろう。前議員俳句会に入会したまえ」と短兵急に要請をうけました。衆議院前議員会俳句会は、八十一歳の私が若いという会ですから、若者は皆無です。「ホトトギス」同人の大久保白村先生を囲んでの和気藹藹の会です。その句会の雑談中に、これまで俳句を愛した大先輩政治家たちの句集を出せばおもしろいぞという話が出ました。私はこの国の発展復興に尽力した政治家たちの五七五は、今日我々が忘れている大切な何かを示唆してくれるのではないかと思います。君は松岡洋右の一族だから洋右さんの句集を出したらどうか、とお奨めをいただきました。松岡洋右は私の大叔父にあたり、不息という俳号で句作をしていました。

また、偶然にも、私が理事長を務めていた「満鉄会」が今年の三月をもって解散したことも、本書の刊行を決意するきっかけのひとつとなりました。「満鉄会」とは、戦後に旧満鉄（南満州鉄道株式会社）社員や満州引揚者の援助を目的として組織された団体です。かつて洋右も総裁を務めた「満鉄」に端を発する「満鉄会」が、ちょうど七十周年をもってその歴史の終わりを迎えたということが、私にとって、ある時代の節目を印象づけるものだったのです。

そこで身近にある資料や国会図書館の資料にあたってみると、百六十句ばかり出てきました。また、故郷室積での彼の馴染みだった旧家を尋ねてもみましたが、爺さんたちが共に俳句をやっていたが、今は何も残っていないということでした。百六十句は駄句ばかりかもしれませんが、昭和十六年以降の日記代りになっています。そこには当時、外交官・政治家として列強諸国と対峙した彼の動向が窺えます。

また、佐藤栄作元首相の妻・佐藤寛子さんは、洋右と伯父・姪の関係でしたが、彼女は洋右のこんな言葉を書き留めています。

「寛子や、ほんとの〝おしゃべり〟というのを教えてやろうか。おしゃべりちゅうのはな、いうちゃならん大事なことを、いってしまうやつのことだ。ふだんは、いくら口数が多くても、いいんだよ」（『佐藤寛子の「宰相夫人

秘録」』朝日新聞社、一九七四年）

権謀術数の政治や外交の世界において、洋右にとって俳句とは、「大事なこと」を胸に秘めつつ言葉を吐き出す、そんな「おしゃべり」の一端であった気がしています。

没落した家から十三歳で単身渡米し、学僕として底辺を過ごした艱難辛苦。慈善家の援護によってオレゴン大学を卒業した経験は、それ以降の彼の原動力となっています。移民の国アメリカで、数々の民族、国々、上中下の階層社会等々を知った広い視野での外交が彼の本分でした。自身の経験から社会的に下層とされている人々への思いやりは強かったようです。

戦前戦中戦後を通してこの国を牽引したエリート集団のリーダーたちには、洋右の思考言動は理解共感を得られなかったように思われます。歴史の結果は歴然ですが各々人それぞれ考え方は異なりますから真意を達観することは大変困難です。洋右の日記代りの俳句には、戦争抑止、アジア団結への必死の奔走が読み取れます。

晩年は過労が病気を重くし、東京裁判中に世を去りました。死人に口無しです。敗戦七十一年目にして日米の多くの歴史専門家により松岡洋右の真実が明らかになりつつあります。

洋右は蕪村の句を好んでいたようです。

西吹けば東にたまる落葉かな

当り前のことの中に何か侘しさが感じられます。

平成二十八（二〇一六）年　終戦の日に

【追記】

本書を準備しているあいだ、佐藤栄作元首相のご子息・佐藤龍太郎氏よりお手紙をいただきました。なかに洋右が昭和十九年十月、妹・ふじ江さん病没のさいに詠んだ句が引かれていましたのでここに紹介します。

茶の花の一輪挿しや新仏

外交官・松岡洋右の俳句／目次

凡例

＊本書は政治家・外交官として知られる松岡洋右が、これまでに詠んだ俳句をあつめた句集です。

＊松岡洋右の俳句は当時の雑誌などに発表され、その後も研究者による伝記等で引用されてきました。

＊本書のⅠでは「公論」（第一公論社、一九四一年六月号）を底本に、Ⅱでは『松岡洋右　その人と生涯』（松岡洋右伝記刊行記念会編、講談社、一九七四年）を出典とし、原注等は適宜あらためました。

＊また句の日付について、確定できないものは（　）で括りました。

＊旧漢字体は常用漢字体にあらため、かなづかいは一部を除き原典にしたがいました。

外交官・松岡洋右の俳句

I

出発

昭和十六年三月十二日

椰子の国風休みければ北へ飛ぶ

椰子の主去りて大鵬北へ飛ぶ

伊勢大廟に詣でて

君命をかしこみてよと母の声

三月十三日

五十鈴川に心洗ひて使《つかい》せむ

天の橋に日嗣の帝あふぎ行く

春の旅日本晴や神詣で

春の旅色香ゆらぐや神詣で

大和女の操かをりけり春の風

大和女の星辰仰ぐ門出かな

天の橋に御姿おがみ使する

郷土通過

柳条や古里の人我送る

三月十四日

古里の人の情や我送る

古里の人の情に門出する

古里の人の情に我はげむ

鮮満の空を飛ぶ

春光をあびつつ鮮満の空かける

三月十五日

鮮満の野も小春に睡りけり

八紘を一宇にせめと空かける

白雲の海ゆく我や春の風

白雲の大海渡り使する

白雲の大海原を渡る春

雲の上を大鷲に乗る春の風

天地を鵬程萬里一と目かな

六龍に乗りて旅する春日かな

春風や六龍に駕して使する

天地唯一粟の飛ぶ広さかな

大空に道なき道の存しけり

大空に道なき道をみつけけり

空かけり未だ雪消えぬ満州野《ますの》みる

大空に浮ぶ一粟春日和

春長に日本晴の空の旅

君命を奉じて飛ぶや春の旅

大君の使する旅春日和

満洲里にて

ムラヴィエフの足跡たどり西へゆく

三月十七日

※ムラヴィエフは帝政ロシアのシベリア開拓者。

満州野原に暇をつぐる日本晴

暇乞ふ満《ま》州《す》野《の》の山に雪光る

酒の香に帝政の昔想ひけり

雪の上に東の空を拝みけり

シベリアにて

三月二十日

白樺のつづくシベリア雪の旅

白樺の林つづきや雪光る

白樺の林つづくや雪の旅

雪光る林の海を今日もゆく

三月二十一日

はてしなき雪の樹海をけふもゆく

雪野原一望千里夕日はゆ

青空と雪に暮れ行くシブの旅

※シブとはシベリア在住のシブ族。「シベリア」の由来。

あけ方にエカテリの町を通りけり

三月二十二日

欧亜しきるウラルこゆるや雪の中

ウラル山何時こえけるか雪つづき

樹の海につららの花やウラル越え

杉松に白樺の森橇のむれ

三月二十三日

杉松に樺のキラキラ橇の行く

杉松と樺の森ゆく橇の人

橇走る一望千里日本晴

ウラル越えなほ果しなし雪の森

白樺と柊《とう》皮《ひ》の森を橇走る

モスクワに着く

九とせ経ちまた露都入りや雪の中

モスクワよりベルリンへ

露都たちて西へ急ぐや雪の旅

三月二十四日

小春日にミンスクの駅を通りけり

旧ポーランド占領地帯にて

雪の海に蓬萊山の浮びけり

三月二十五日

白妙の海にあちこち島のかげ

松柊皮樺の林や雪つづき

電線に鳥三つ四つ雪の原

ベルリンに入る

盟ひにし国の都に春や来ぬ

三月二十六日

シュロス・ベル・ヴューにて

ベルヴューに昔偲ぶや小鳥啼く

三月三十日

独伊国境ブレンネロにて

両雄の握手せし地や雪深し

三月三十一日

イタリアに入る

春雨にぬるる伊国の桃の花

春雨やちぎる伊国の山青し

アルプスをこえてゐるかな花の人

春雨や契る伊国の春景色

契りにし伊国に入るや春景色

花の国に花の顔《かんばせ》花曇

ローマなるヴィラ・マダマにて

マダマ荘小鳥の啼くや花曇

四月二日

マダマ荘後庭に桜花を見て

興国の気を発するやさくら花

興国の色匂ひけりさくら花

興国の血やほとばしる桜花

ローマよりベルリンへ

春雨にぬれつつ就くや帰り路に

四月三日

菜の花やサヨナラと呼ぶ乙女達

万歳の口びる紅し花の人

フィレンチェ　サヨナラと春の風そよぐ

ボルジック軍需工場を見る

工場に興国の春や人笑ふ

四月五日

興国の気やあふれけり春の来て

工場にほとばしる血や国興る

ベルリンを去る

春雨にぬるるベルリンさようなら

ベルリンをあとに春雨むせぶなり

かへり路につくや柳のけぶりけり

モスクワ再訪

白樺のはにかむ姿春の風

四月七日

南欧のつばめとつれだち露都に入る

つばめつれてモスクワ入りや半月《はづき》経て

帰り路やつばめの案内露都に寄り

モスクワやとりみ《ママ》に変りて春の来ぬ

春ぞ来ぬ忠臣のオペラ響くかな

モスクワや忠臣の劇に春の来ぬ

日ソ中立条約成る

十三日《ひ》約成りて亡き母想ふ

四月十三日

亡き母のうつしゑにただむせびけり

ただ拝む東の空や春の月

再び雪のシベリアにて

電線も白く凍れりウラル山

四月十五日

シベリアやまた雪野なり日本晴

電線も木立も白く凍るなり

雪の上小舟大舟捨ててあり

四月十八日

バイカル湖橇かる人や向ふ岸

バイカルかああバイカルか春の雪

海拉爾《ハイラル》より飛行機にて満州を飛ぶ

春の空を甘露の味や日本晴

四月二十日

祝杯にウトリ〈と春の空

春の海を瞰《み》下す我や吾ならず

春がすみ空と海とを分ちかね

空と海分ち兼ねけり春がすみ

大連に到着す

我と共に育ちし町や春日和

大連出発延期

涙して留むる心か星ヶ浦

四月二十一日

大連より飛ぶ

春がすみ我を送るか和尚山

四月二十二日

春の空を翔け行きつつも伊勢拝む

大君へと翔る心や春の空

天地の恵みの春や吾のなし

朝鮮に入る

朝鮮の山河笑みけり春の陽に

春の日に朝鮮の山河蘇る

我送る朝鮮の山もかすみけり

雁の巣にて　第一声放送を頼まれて

出鱈目の第一声や春がすみ

春がすみ雁の一むれ帰りけり

訪欧の旅より帰り雁の鳴く

雁が音や己が巣に帰りかすむ春

狂句

猿芝居雁行して帰る春

旅かせぎすませて帰る松岡座

春の陽や大和男の子の一座かな

松岡座かせぐ旅路や十万里

十万里かせぎて帰る春がすみ

福岡をたちて

ああ祖国祖国の山河春の色

瞰下すや祖国の山河春がすみ

春かすみ山の姿や絵にもして

春たちて大和男の子のしまひけり

四の日をも突破の旅や御稜威かな

午前零時十二、三分郷里室積を右手に望みつつ航行す、
遥に祖先の墓を拝む

亡き母の守《も》る航空や春がすみ

亡き母の守る帰り路や春の空

機上に富士山を望む

帰り路や何と言うても不二の山

我等迎ふ不二の高根や春がすみ

春がすみ日本アルプス浮びけり

春がすみ不二も守れり今日の旅

天涯に不二の姿や春がすみ

帰り路や不二の霊峰仰ぎけり

春がすみ富士の霊峰仰ぎけり

日の本を守る霊峰や富士の山

春がすみに浮ぶ姿や富士の峯

遠州の富士を空から拝みけり

機上偶感

馬の脚かくれ居てこそ主役なり

馬脚をばあらはす芝居客も去り

※馬脚とは軍部のこと。

箱根越

帰り路や箱根越しけり雲の中

皇都帰着

六週の旅了へて帰る春がすみ

旅了へて皇都に入るや涙なり

※涙とは着陸の際、小雨のあった意をも含む。

II

一年を無我夢中梅雨あけず

（昭和十六年七月十六日頃）

坊主めが行倒れけり梅雨の旅

七草やすみたる空の色映ゆる　（九月十七日頃）

あめつちのすみたる色を七草に

血を喀きつ只念じけり皇国《くに》の明日

喀血に暮れ行く秋や雨の音

秋草や天地の光かがやけり

血を吐きつ人の子達の明日念ふ

山荘に病める我身や紅葉せり

病床に映ゆる紅葉や去秋想ふ

下山してホッと一息血も吐かず　（十月二十五日頃）

下山して妙義の秋を仰ぎけり

満喫すみのりの秋や下山して

下山して坊主奴下界に目をまはし
（十二月八日頃）

大詔の下る晨や日本晴（十二月十二日頃）

見よ！神風の疾《と》き冬の海

さみだれや針一本の命かな
（昭和十七年六月二十五日頃）

元旦や立ち小便に武者振ひ

（昭和十八年元日）

さみだれや子のすねかじるわが身哉

（六月十五日頃）

今年をも戦ひ抜かん初日の出　（昭和二十年元日）

元旦や戦征く子にお目出度う

悔いもなく怨もなくて行く黄泉《よみじ》

（昭和二十年十一月二十二日頃）

松岡洋右年譜

少年時代

明治十三年　一八八〇　〇歳
三月四日山口県熊毛郡室積村大字室積浦第二三〇番地屋敷（現光市室積町）に松岡三十郎・鼇子（ゆうこ）の四男として生まれる。家業は廻船問屋、屋号は今津屋。
鹿鳴館起工。

明治十七年　一八八四　三歳
室積浦與海小学校入学、翌年室積村立小学校尋常科一年編入。
清仏戦争。甲申の変。

明治二十一年　一八八八　七歳
英語の学習を始める。翌年尋常科卒、高等科へ進学。
メキシコと通商条約締結。

明治二十五年　一八九二　十一歳
前年、今津屋倒産。家屋敷は人手に渡る。父より四書五経を受講。年末従兄藤山基三郎とともに神戸の某寺を間借。税関吏に英語を学習。

遊学時代

明治二十六年
三月、従弟に同行しタコマ丸（貨物船）にて渡米、オレ

一八九三 十二歳	ゴン州ポートランドに行き日本人美以教会の世話を受け、ダンバー家のスクールボーイとなる。	
明治二十七年 一八九四 十三歳	家督相続。	東学党の乱。日清戦争開戦。
明治二十八年 一八九五 十四歳	ポートランド高等小学校卒業、カリフォルニア州オークランドのハイスクールに入学。	下関条約調印、三国干渉。
明治三十年 一八九七 十六歳	ハイスクール退学、某法律事務所に勤務、某刑事事件の弁護を担当し成功を収め、以後、六件処理。	貨幣法（金本位制）制定公布。
明治三十一年 一八九八 十七歳	オレゴン州立大学に入学、伴事務所に勤務。	
明治三十四年 一九〇一 二十歳	オレゴン州立大学卒業、「バチェラー・オブ・ローズ」の学位を受ける。	

明治三十五年 一九〇二 二十一歳	実兄賢亮より営業成績良好のため、学費その他援助可能につき帰国学習せよ、との指示に従い帰国。一時東京で書生生活をしていたが母病気のため帰省。	日英同盟成立。シベリア鉄道開通。
明治三十六年 一九〇三 二十二歳	母と妹を伴い上京。本郷区森川町五五番地に住み、明治大学に一時籍を置き、主として国文学と漢文を独学する。	

外交官時代

明治三十七年 一九〇四 二十三歳	外交官及領事官試験合格。任領事官補、上海在勤を命じられる。	日露戦争開戦。
明治三十八年 一九〇五 二十四歳	総領事事務代理。三井清国総監督の上海在勤・山本条太郎の知遇を受ける。	ロシア第一次革命（血の日曜日）。戦艦ポチョムキンの反乱。日露講和条約調印。
明治三十九年 一九〇六 二十五歳	任関東都督府事務官、任関東都督府外事課長。	
明治四十年	任外務書記官、政務局勤務を命じられる。	

一九〇七 二十六歳		
明治四十一年 一九〇八 二十七歳	ロンドンにおける海戦。法規会議準備委員を命じられる。任公使館三等書記官、ベルギー在勤を命じられたが辞退、中国在勤を希望。この時代、中国在勤は嫌われていた。	日米紳士協定（移民制限）。清・新帝溥儀即位。
明治四十二年 一九〇九 二十八歳	清国在勤を命じられる。兼任領事、上海在勤。	伊藤博文暗殺。
明治四十三年 一九一〇 二十九歳	任公使館二等書記官、長沙事件の処理のため漢口に出張。	日韓併合、朝鮮総督府官制公布。
明治四十四年 一九一一 三十歳	従兄佐藤松介没（享年三十三歳）。遺族（実妹ふじ江、及遺児、寛子、正子）を引き取り扶養。	大逆事件、幸徳秋水ら死刑。辛亥革命。
明治四十五年 （七月大正と改元） 一九一二 三十一歳	任大使館二等書記官、露国在勤を命じられる（結婚のため赴任延期）。進経太・トシの長女龍（明治二十五年六月九日生）と結婚、妻同伴赴任。	明治天皇崩御。中華民国成立。第一次バルカン戦争。

大正二年 一九一三 三十二歳	米国在勤を命じられる。	第二次バルカン戦争。
大正三年 一九一四 三十三歳	長男謙一郎出生。	第一次世界大戦起こる。パナマ運河開通。日本、対独宣戦布告。
大正四年 一九一五 三十四歳	実兄賢亮急死。	対華二十一箇条要求。大正天皇即位。
大正五年 一九一六 三十五歳	任大使館一等書記官。帰国、中野正剛、福本与四郎と桑港より日本丸に同船。長女周子出生。ロシア国皇帝より神聖スタニスラス第二等勲章受領。米国在勤を免じられる。臨時外務省の事務に従事することを命じられる。	憲政会成立、総裁加藤高明就任。ポーランド独立宣言。
大正六年 一九一七 三十六歳	臨時調査部勤務を命じられる。外交官及領事官試験臨時委員。兼任外相秘書官。	ロシア革命（二月革命）。米、対独宣戦布告。金輸出禁止。石井・ランシング協定。
大正七年 一九一八 三十七歳	兼任総理秘書官、免兼外相秘書官。シベリア経済援助事務に従事することを命じられる。免兼総理秘書官。	日中軍事協定調印。連合国、ドイツと休戦条約調印。

大正八年 一九一九 三十八歳	講和会議全権随員。福州事件処理のため出張を命じられる。	ヴェルサイユ講和会議開会。
大正九年 一九二〇 三十九歳	政務局勤務を命じられる。任総領事間島在勤を命じられる（辞令のみ）。次男洋二出生。	国際連盟正式成立。
	満鉄理事時代	
大正十年 一九二一 四十歳	南満州鉄道株式会社理事を命じられる。鉄嶺・奉天間複線完成、奉天以北工事開始。東亜勧業設立。	中国共産党成立。原敬暗殺。ワシントン会議。
大正十一年 一九二二 四十一歳	建設請負中の四洮支線完成。満鉄鉄道技術研究所設立。鄭洮線建設請負工事着工。東支鉄道との連絡混合保管取扱開始。	
大正十二年 一九二三 四十二歳	蘇家屯・撫順間複線工事着工。調査部拡充。ハルビン事務所新設。奉天・釜山間直通列車運転。三男・震三出生。鞍山選礦工場及付帯増設設備建設工事決定。鄭洮線工事完成。	関東大震災、戒厳令施行。虎ノ門事件。

大正十三年 一九二四 四十三歳	蘇家屯・撫順間複線工事完了。関東庁行政協議会設立し副会長就任。洮昂鉄道請負工事契約締結。鴨緑江水力発電調査を決議。	日ソ条約調印、ソ連を承認。治安維持法成立。普通選挙法成立。
大正十四年 一九二五 四十四歳	洮昂鉄道工事着手。大連窯業設立。吉敦鉄道請負工事契約締結。	
大正十五年 （十二月昭和と改元） 一九二六 四十五歳	満鉄理事の職を辞す。四男・志郎出生。	蔣介石、北伐開始。大正天皇崩御。
	満鉄副総裁時代	
昭和二年 一九二七 四十六歳	田中政友会総裁の委嘱に依り中国政情視察に東京出発（山本条太郎、森恪、江藤豊二、医博名倉重雄）。南昌にて蔣介石と会見。上海、青島、済南、天津、北京、奉天を巡歴、国内の政情急変に依り帰京。満鉄副社長。臨時経済調査委員会設置。鞍山大型炉建設計画決定。	南京事件。金融恐慌勃発。
昭和三年	撫順オイルシェール工場二〇〇〇kgプラントを四〇〇〇	張作霖爆殺事件。

一九二八
四十七歳

kgに改め起業。石炭液化研究を海軍に委嘱。営口牛家屯栈橋工事着工。甘井子埠頭石炭栈橋工事開始。吉敦鉄道工事完成。御大典記念事業結核療養所設置決定。

昭和四年
一九二九
四十八歳

鞍山鉄鋼一貫作業計画を申請。日本精蠟徳山に設立。社債三千五百万円起債。大連農事株式会社設立。日満倉庫川崎に設立。運転時刻を一日二十四時間制実施。東亜経済調査局を財団法人に改める。副総裁を辞す。京都における第三回太平洋問題調査会京都大会日本代表。

ニューヨーク株式大暴落、世界恐慌はじまる。

衆議院議員時代

昭和五年
一九三〇
四十九歳

山口県第二区より選出（政友会所属）。第五九議会予算委員会理事当選。

金輸出解禁。

昭和六年
一九三一
五十歳

第五九議会本会議にて幣原外交を批判（満蒙問題、小幡アグレマン問題、南京事件等）。「日本と満蒙」を「新朝日」三月号に発表。「満蒙問題の考察」を「国際日本」三月号に発表。「外交の更新と満蒙問題」を「東洋」四月号

柳条湖事件（満州事変はじまる）。

に発表。「動く満蒙」を先進社より出版。「東亜全局の動揺」を先進社より出版。

昭和七年
一九三二
五十一歳

山口県第二区再選（第十八回総選挙）、上海事変処理のため外務大臣特使として上海に派遣される。「日満関係と満蒙外交史の一班」御進講。次女昭子、代々木六〇六番地出生、上海にてリットンと会見、日中停戦会議開く。「上海事変に就て」御進講。日中停戦協定成立。外務省事務を嘱託。スイス・ジュネーヴにおいて開催の国際連盟臨時会議における帝国代表、特に親任官の待遇を賜わる。随員小林絹治、大使官一等書記官吉沢清次郎、陸軍歩兵大佐石原莞爾、陸軍歩兵中佐土橋勇逸、海軍中佐岡野俊吉、御厨信市。モスクワでリトビノフとカラハンより不侵略条約を提議される。理事会で演説。「連盟よ慎重なれ」「十字架上の日本」。

リットン調査団来日。満州国建国宣言。五・一五事件（犬養毅暗殺）。ドイツ、総選挙でナチス第一党となる。

昭和八年
一九三三
五十二歳

総会で最終演説。総会は十九ヶ国委員会報告書を四二対一、棄権一で採択、依って日本代表団退場。ジュネーヴに訣別挨拶発表。ニューヨーク日本商工会議所において

日本、国際連盟脱退。米ソ国交樹立。

昭和九年
一九三四
五十三歳

演説。NBCの依頼に依りシカゴより全米放送。ニューヨークタイムズを通じ米国に定見なしと声明。大統領と会見。シカゴ外事協会にて演説。べバリッジ夫人の展墓のためオークランドを訪問、同夫人の墓碑建立。母校オレゴン大学訪問。元大統領フーバーと会見。NBCより全米放送（サヨナラ・スピーチ）。ホノルル総領事館にて在ハワイ同胞に講演。浅間丸にて帰国。JOAKより全国民に帰国挨拶。帝国代表を免じられる。日比谷公会堂において講演（満州事変記念日に際し国民に訴えた）。岡山にて講演（世界の変局と帝国の地位）。富山高校にて講演（青年と語る）。政友会脱党、政党解消運動第一声を青年会館で行う。本部を丸の内三菱仲十二号館に設置、政党解消連盟結成。「青年よ起て」日本思想研究会より出版。衆議院議員辞退。

満州国皇帝より建国功労賞を受領。北は旭川、南は鹿児島まで、「一、即時政党を解消せよ、一、一国一体を確立せよ、一、昭和維新を断行せよ」と全国を遊説、盟員は二百万に達する。

ヒトラー総統となる。ソ連、国際連盟加入。

昭和十年
一九三五
五十四歳

満鉄総裁時代

正式に政解組織を解散する。南満州鉄道株式会社総裁（第十三代）、関東軍顧問。臨時財産評価委員会設置（委員長・竹中政一）。京浜線ゲージ変更工事実施。特急「あじあ」大連・ハルビン間直通実現。梅通線着工。石炭液化委員会設置。雄基・羅津間、凌泉線本営業開始。組織的な北支経済調査開始。興中公司設立（満鉄全体株引受）。北黒、京大、洮大、懐索各線本営業開始。葉峰線本営業開始満拓設立その株式三分の一引受決定。

ロンドン海軍軍縮会議。

昭和十一年
一九三六
五十五歳

会社重役九班に分かれ社員並同留守家族及軍警慰問（六十三日間）。満州林業設立株式四分の一引受決定。母ゆう没（九十四歳）。撫順製油工場第二次拡張工事着工。満塩設立。北鮮終端施設に関する松岡・宇垣覚書調印。満州ソーダ設立。十万株引受決定。「満鉄を語る」第一公論社より出版。清津・雄基埠頭の営業開始し、北鮮鉄道及港湾の一体化実現。泉承、図寧、林密、索興の各線本営業開始。四西線本営業開始。五男・敬止郎麹町区下

二・二六事件、戒厳令布かれる。日独防共協定調印。

	六番町で出生。北鮮鉄道事務所は鉄路総局の組織に入り、満州鉄道の一元化実現。通輯線建設着工。鴨緑江水力発電第一次計画。永定河及灤河水力発電現地調査開始。経済調査委員会設置。満州軽金属設立、二八万株式引受決定。「少年を語る」を日本両親再教育協会より出版。	
昭和十二年 一九三七 五十六歳	通輯線仮営業開始。西義顕から呉震修よりの寄託を受ける。「日独防共協定の意義」を第一公論社より出版。帝国燃料興業株式会社設立委員。内閣参議。満州重工業新設公表。	支那事変勃発。
昭和十三年 一九三八 五十七歳	「昭和維新」第一公論社より出版。松岡・董道寧会談（星が浦）。北支那開発株式会社及中支那振興株式会社設立委員。	近衛声明「国民政府を相手にせず」。国家総動員法可決。日ソ停戦協定成立。
昭和十四年 一九三九 五十八歳	総裁被免。	ノモンハン事件勃発。アメリカ、日米通商航海条約廃棄を通告。独ソ不可侵条約締結。

外務大臣時代

昭和十五年
一九四〇
五十九歳

内閣参議被免。長女周子、田島譲治と結婚。用済につき嘱託を解く。任外務大臣兼拓務大臣。兼免官（後任秋田清）。ドイツよりグロースク・イッアードレル勲章を、イタリア皇帝よりグラン・コルドーニ・サンテイッシマ・マウリチオエ・ラアザロ勲章を受領。

大政翼賛会発会。

晩年

昭和十六年
一九四一
六十歳

東京において開催の日独伊混合専門委員会における帝国委員。欧州諸国へ出張。「興亜の大業」第一出版社より出版（同じ題名で教学局が前年十月三十日、教学叢書第九輯として発行している）。「日本民族の理念」岡倉書房より出版。依願免本官後任、豊田貞次郎。「大陸の青年に与ふる書」を満鉄社員会出版、本書は満鉄社員会が松岡在任中の記念事業として著述方依頼したもの。御殿場別荘にて療養。軽井沢に転地。喀血。帰京、自宅療養。

松岡外相、訪欧出発。日ソ中立条約調印。南部仏印進駐。太平洋戦争開戦。

昭和十七年 一九四二 六十一歳

重光らを招き終戦工作につき論議。再発熱。自然気胸をおこし手当を受ける。

日本軍、マニラ、シンガポール占領。日本本土初空襲。ミッドウェー沖海戦、日本軍大敗。

昭和十八年 一九四三 六十二歳

近衛、見舞に来訪。満鉄東京支社古山、佐藤、神守来訪。大村満鉄総裁退任挨拶来訪。

ガダルカナル島より撤退開始。アッツ島玉砕。学徒出陣。カイロ会談。

昭和十九年 一九四四 六十三歳

山崎元幹満鉄総裁就任挨拶のため来訪。御殿場別荘へ移り療養。秩父宮主治医遠藤博士、松岡別荘に同居。小磯の使者、本間雅晴中将来訪、ソ連特使派遣につき意見を述べる。伊豆長岡、古奈の今坂別荘に移る。応召中の三男・震三来訪。

インパール作戦失敗。米軍、レイテ島上陸。

昭和二十年 一九四五 六十四歳

大橋忠一来訪。末沢海軍軍務局第二課長よりソ連との交渉方依頼を受けたが、断る。小日山運輸相より終戦工作につき質問を受け回答する。ソ連特使の件につき、梅津参謀総長の使者川越茂、吉田茂の使者伊藤真一来訪。敗戦に外交なしと答える。病軀を押して上京、木戸、東久邇宮高松宮別当に毅然たる態度を堅持すべきを進言、七月三十日帰古する。阿南の使者橋中一郎、太田、上村(弟)

ヤルタ会談。硫黄島玉砕。東京大空襲。米軍、沖縄本島上陸。ベルリン陥落、ドイツ無条件降伏。ポツダム宣言。広島・長崎原爆投下。天皇終戦の詔書放送。戦犯容疑者に逮捕令。国際連合成立。

昭和二十一年
一九四六
六十五歳

と来訪、上京要請を受諾、八月十一日上京、その夜阿南私邸で会談。十二日大橋・佐藤栄作に使者を差しむけ十三日東久邇にポツダム宣言受諾不可を進言する。終戦後、長野県北安曇郡池田町花見、和沢俊夫方に寄寓する。逮捕令に依り寺尾医師らに付添われ帰京。

隠居届出、長男・謙一郎家督相続。A級戦犯に指名され、病気のまま巣鴨拘置所に入所。松岡ほか二十七名起訴。病状悪化のため米軍病院に収容。東大坂口内科転院許可。六月二十七日午前二時四十分東京都本富士町一番地東大坂口内科において逝去。洗礼名ヨゼフ。

天皇、人間宣言発表。公職追放令。極東軍事裁判はじまる。

＊本年譜は『松岡洋右　その人と生涯』所収の「松岡洋右年譜」をもとに作成した。

【参考文献】

『よみがえる松岡洋右　昭和史に葬られた男の真実』福井雄三、ＰＨＰ研究所、二〇一六年
『句集　安曇野』唐澤春城、ＫＡＤＯＫＡＷＡ、二〇一五年
『松岡洋右　悲劇の外交官　上・下』豊田穣、新潮社（新潮文庫）、一九八三年
『佐藤寛子の「宰相夫人」秘録』佐藤寛子、朝日新聞社、一九七四年

外交官《がいこうかん》・松岡洋右《まつおかようすけ》の俳句《はいく》

二〇一六年九月二十五日　初版発行

著　者◉松岡洋右

発行人◉西井洋子
発行所◉株式会社東京四季出版
〒189-0013 東京都東村山市栄町二―二二―二八
電　話　〇四二―三九九―二一八〇
ＦＡＸ　〇四二―三九九―二一八一
shikibook@tokyoshiki.co.jp
http://www.tokyoshiki.co.jp/

装　幀◉間村俊一

印刷・製本◉株式会社シナノ

Printed in Japan 2016

ISBN978–4–8129–0897–6 C0092